Por un tornillo

A LA
ORILLA
DEL VIENTO

Por un tornillo

IGNACIO PADILLA

ilustrado por

TRINO

FONDO
DE CULTURA
ECONÓMICA

Primera edición, 2009

Padilla, Ignacio
    Por un tornillo / Ignacio Padilla ; ilus. de Trino. —
México : FCE, 2009
    55 p. : ilus. ; 19 × 15 cm — (Colec. A la Orilla del
Viento)
    ISBN 978-607-16-0083-7

    1. Literatura infantil I. Trino, il. II. Ser. III. t.

LC PZ7   Dewey 808.068 P515p

Distribución mundial

© 2009, Ignacio Padilla, texto
© 2009, Trino, ilustraciones

D. R. © 2009, Fondo de Cultura Económica
Carretera Picacho Ajusco 227, Bosques
del Pedregal, C. P. 14738, México, D. F.
www.fondodeculturaeconomica.com
Empresa certificada ISO 9001: 2000

Colección dirigida por Miriam Martínez
Edición: Carlos Tejada
Diseño gráfico: Fabiano Durand
Diseño de la colección: León Muñoz Santini

Comentarios y sugerencias:
librosparaninos@fondodeculturaeconomica.com
Tel.: (55) 5449-1871. Fax.: (55) 5449-1873

ISBN 978-607-16-0083-7

Impreso en México • *Printed in Mexico*

Índice

Los Expertos en Pueblos con Nombres Largos

No recuerdo cómo se llamaba el pueblo de mi cuento. Sólo sé que tenía un nombre largo. Hace unos días supe que cerca de mi casa viven los Expertos en Pueblos con Nombres Largos y pensé que ellos podrían ayudarme a encontrar el nombre de mi pueblo. Fui a verlos y les conté mi problema. Los expertos me miraron, acariciaron sus largas barbas, volvieron a mirarme. Finalmente me dijeron que tampoco ellos podían saber cómo se llamaba el pueblo de mi historia.

—¡Por favor, tienen que ayudarme! —les dije—. Si no recuerdo el nombre del pueblo no podré contar mi cuento.

El Gran Jefe de los Expertos en Pueblos con Nombres Largos me preguntó:

—Vamos a ver… ¿Cómo era tu pueblo?

—Era un pueblo pequeño —respondí.

—¡Ajá! —exclamó el experto—. ¡Un pueblo pequeño! ¡Me lo imaginaba! Los nombres de esos pueblos son los más difíciles de recordar.

—Éste tenía un nombre largo, larguísimo —dije.

—Todos los pueblos pequeños tienen nombres largos. Lo

hacen para darse importancia —interrumpió el Experto Más Pequeño y Narigón.

—¡Pues éste sí que era un pueblo importante! —grité—. ¡Este pueblo tenía una máquina!

Los Expertos en Pueblos con Nombres Largos se miraron y se sonrieron como si pensaran que me había vuelto loco de remate. Entonces el Experto Más Pequeño y Narigón me dijo:

—Todos los pueblos tienen máquinas, amigo. Sobre todo los pueblos pequeños con nombres larguísimos.

—Ésta era una máquina muy especial —protesté.

—Todo mundo piensa que sus máquinas son especiales —dijo el Experto Más Viejo.

La verdad es que aquellos viejos empezaban a cansarme.

—Ésta era una máquina *de verdad* especial —dije—. Era una máquina enorme de acero inoxidable. Ocupaba la plaza entera y tenía en el centro una palanca de color azul.

—¡Ajá! ¡Ya veo! —dijo otra vez el Gran Jefe de los expertos—. Te refieres al Pueblo de la Máquina. Mira, aquí está. Éste debe de ser el pueblo de tu cuento.

El Gran Jefe me señaló un ancho mapa que estaba pegado en la pared de la oficina. Lo miré con mucha atención. Allí estaba el pueblo, exactamente donde debía estar: al otro lado de las montañas, junto a un río caudaloso, rodeado por una selva muy espesa. En el mapa de los expertos el pueblo era una tachuela roja, ni grande ni pequeña. Debajo de la tachuela, alguien había escrito con lápiz: *Pueblo de la Máquina*.

—¡Ése es! —exclamé—. Pero no se llamaba así; estoy seguro de que no se llamaba así.

Los Expertos en Pueblos con Nombres Largos volvieron a mirarme y volvieron a sonreírse como si todavía pensaran que estaba loco de remate. Entonces el Gran Jefe de los expertos me acercó una silla diciendo:

—Siéntate. Ahora por lo menos tienes un nombre para comenzar tu narración, ¿no crees? Cuéntala. Tal vez con el tiempo, cuando hayamos conocido los detalles, sepamos cuál es el nombre verdadero de ese lugar tan especial.

La idea me pareció buena. Sin pensarlo dos veces, tomé asiento y empecé a contar mi historia.

Los bravos de don Sancho

Nadie sabía de dónde había salido la máquina. Cuando yo era niño, el hombre más viejo de mi pueblo decía que la máquina ya estaba allí cuando él era niño. También decía que cuando él era niño, su abuela juraba que la máquina había estado allí desde antes de que existieran las vacaciones y el pueblo y los dinosaurios y hasta el sol.

A mí me parece que eso que decía el hombre más viejo de mi pueblo era una exageración. A los abuelos les gusta mucho exagerar. En la escuela, la señorita Anacoreta nos enseñó que la máquina fue encontrada en la selva por los fundadores del pueblo. Los hombres que fundaron el pueblo eran unos soldados con armaduras y barbas largas, que nunca se bañaban. Venían de Trapisonda, un imperio al otro lado del mar. Su jefe era el capitán Sancho de la Chatarra.

Un día don Sancho bajó de su barco y atravesó la montaña con doscientos hombres y cien caballos. Aquellos valientes enfrentaron muchos peligros. Atravesaron ríos llenos de pirañas y pantanos infestados de cocodrilos. Comieron hierbas de sabores espeluznantes y lucharon contra una tribu de hambrientos caníbales que estaban hartos de comer hierbas con sabores espeluznantes. Por fin, un día el capitán don Sancho de la Chatarra y sus bravos llegaron a un claro de la selva donde estaba la máquina.

Don Sancho y sus bravos nunca habían visto una máquina como ésa. De hecho, nunca habían visto una máquina. Al principio pensaron que era un monstruo venido del centro mismo de la Tierra. Lo atacaron con sus armas. Pero sus lanzas y sus espadas se hicieron pedazos contra el duro acero de la máquina.

Durante tres días don Sancho y sus valientes vigilaron la máquina esperando que hiciera algo más que prender una tras otra sus luces de colores. Cuando se cansó de esperar, don Sancho preguntó a los caníbales que tenía prisioneros qué era aquella cosa. Los caníbales le explicaron con señas que la máquina era un poderoso espíritu de la selva. Entonces don Sancho decidió que aquella cosa o espíritu o monstruo sería un valioso regalo para el emperador de Trapisonda.

Los hombres de don Sancho usaron primero diez caballos, pero no consiguieron mover la máquina. Empujaron luego con cien soldados y doscientos caníbales. Nada. Cuando la empujaban, la máquina sólo encendía y apagaba sus luces como si le estuvieran haciendo cosquillas. Hombres y caballos jalaron, empujaron, patearon. Todo inútil. La máquina no se movió ni un milímetro.

Finalmente un día don Sancho gritó con su poderosa voz:

—¡Moveré esa cosa aunque sea lo último que haga!

Luego llamó al más valiente de sus soldados y le ordenó que se quedara a vigilar la máquina con cinco hombres más. Mientras tanto él iría a Trapisonda y volvería con mil hombres y quinientos caballos para llevarse la máquina.

Don Sancho de la Chatarra se fue pero nunca regresó. Hay quien dice que se quedó en Trapisonda porque se le quitaron las ganas de volver a comer hierbas con sabores espeluznantes. Otros piensan que lo capturaron los piratas antes de que llegara a su tierra. Otros más aseguran que unos caníbales se comieron de postre a don Sancho cocinándolo en un caldo con hierbas de sabor no tan espeluznante. Si tuviera que elegir entre estas leyendas, me quedaría con la de los piratas. Lo de los caníbales es difícil de creer, pues si es verdad que don Sancho nunca se bañaba, dudo mucho que a los caníbales se les hubiera antojado comérselo.

Como sea, el joven soldado y sus cinco valientes se hicieron viejos esperando el regreso de su capitán. Como no tenían nada mejor que hacer, le tomaron cariño a la máquina. Por su parte, los caníbales les tomaron cariño a ellos. Se hicieron amigos de los soldados y les enseñaron cosas utilísimas, como bañarse, pescar pirañas y jugar al riquirrán, que es un juego típico de caníbales. Fue así como nació mi pueblo.

Las bondades
de la máquina

El Gran Jefe de los Expertos en Pueblos con Nombres Largos
me puso la mano en el hombro y me dijo:

—Perdona que te interrumpa, muchacho. Todo esto que
cuentas de don Sancho suena muy bien. Pero, dime, ¿para
qué servía la máquina?

—No comprendo su pregunta, señor —le dije.

El Gran Jefe respondió un poco impaciente:

—Cada máquina sirve para algo. Hay máquinas para
hacer palomitas de maíz. Hay máquinas para mover cosas
pesadas o para hacer la guerra. Hay máquinas para cortar el
pelo y otras para hacer pelucas. Inclusive hay máquinas que
sirven para hacer otras máquinas. La tuya debía de servir
para algo.

La pregunta del experto me había tomado por sorpresa.
Nunca nadie en mi pueblo se preguntó para qué tendría que
servir la máquina. Ella sólo servía para estar allí. La máquina
servía para ser la máquina. Éramos *nosotros* quienes servíamos
a la máquina, y no al revés. El pueblo entero servía para cuidar

la máquina. Y lo hacíamos con mucho gusto, faltaba más, pues estábamos muy orgullosos de ella.

En la región entera la gente viajaba muchos kilómetros para ver la máquina. Hombres, mujeres y niños soñaban con hacerse una fotografía junto a ella. Los más talentosos artistas hacían dibujos de la máquina. Hasta los niños del pueblo hacíamos pequeñas máquinas de madera que compraban los forasteros para llevárselas a sus niños al otro lado de la montaña.

En mi pueblo sabíamos que en algunos otros lugares del mundo se habían hecho copias de la máquina. Pero hasta el más simple sabía que nuestra máquina era la máquina original. Cierta vez vino a vernos un ministro para felicitarnos por ser los guardianes de la máquina. En una elegante ceremonia le colgó una medalla a la máquina por servicios prestados a la patria y le entregó al alcalde un diploma firmado por el Presidente de la República. El papel decía que la máquina era patrimonio cultural de la humanidad y orgullo de la nación.

¿Cómo no íbamos a cuidar de la máquina? ¿A quién le importaba si servía para algo? En mi pueblo hasta las palabras tenían que ver con ella. Si no nos queríamos tomar la sopa, nuestras madres nos decían que la máquina se iba a descomponer y ocurrirían grandes desgracias. Los enamorados se decían cosas como: "Te amo a toda máquina" o "Eres mi maquinita".

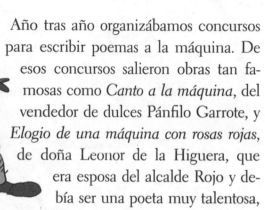

Año tras año organizábamos concursos para escribir poemas a la máquina. De esos concursos salieron obras tan famosas como *Canto a la máquina*, del vendedor de dulces Pánfilo Garrote, y *Elogio de una máquina con rosas rojas*, de doña Leonor de la Higuera, que era esposa del alcalde Rojo y debía ser una poeta muy talentosa, pues siempre ganaba el concurso. También había concursos para dibujar la máquina. Un año lo ganó un cuadro que ahora está en un museo de la capital. Se llama *Naturaleza muerta con máquina y pirañas a la naranja*, de un artista que prefirió mantener el anonimato, aunque todos sabíamos que era Lotario el zapatero.

Cada mañana los niños pasábamos junto a la máquina. Le cantábamos el *Himno a la Máquina* y la enjabonábamos. Después los bomberos le daban un buen baño. A las diez de la mañana llegaba el Equipo Especial de Cuidado de la Máquina. Ellos se ocupaban de pulirla, encerarla y dejarla brillante como una copa de plata. Por las tardes, el sol daba a la máquina tonos anaranjados primero, azules y pardos después. Era como si todos los colores del mundo hicieran fila para reflejarse en nuestra máquina. A mí me gustaba así. Pero un día el alcalde Rojo decidió pintarla. Fue entonces cuando estalló la Revolución de los Colores.

Un anuncio
del alcalde Rojo

El día de mi octavo cumpleaños, el alcalde Rojo nos reunió en la plaza. Yo estaba muy emocionado porque pensé que se juntaban para felicitarme. Pero me equivocaba. El alcalde nos había reunido para darnos una noticia muy importante. Se había puesto su mejor traje y traía puesta una corbata enorme estampada con pequeños cocodrilos verdes. Cuando vio que no faltaba nadie, el alcalde Rojo alzó la voz y nos dio su gran noticia: había llegado la hora de pintar la máquina.

Al principio creímos que no habíamos oído bien. ¿Qué ha dicho? ¿Pintar la máquina? ¿Se ha vuelto loco? El alcalde Rojo pidió silencio y continuó su discurso:

—Así es, ciudadanos. Escucharon bien. Hay que pintar la máquina. Es nuestro deber histórico. Tenemos que demostrarle al mundo que somos un pueblo mo-der-no. Tenemos que demostrar que también nosotros, desde este lejano lugar, estamos listos para el cambio. ¡No nos quedaremos atrás en la carrera hacia el futuro!

Todos volvimos a hablar al mismo tiempo. Alfredo el panadero se preguntó si el alcalde estaba enfermo, pues de repente le había dado por usar palabras extrañas, lo cual sólo le pasa a los que están enfermos. Amadeo Pelusa, que era el hombre más viejo del pueblo, estaba molesto porque había oído algo de una carrera y él quería participar a toda costa porque había sido campeón regional de maratón en su juventud. La maestra Anacoreta, que siempre estaba criticando al alcalde Rojo, alzó respetuosamente la mano y preguntó:

—¿Usted cree, señor alcalde, que pintar la máquina sea una buena idea para demostrar que somos un pueblo moderno? ¿No podríamos mejor pintar la escuela o comprarle computadoras a los niños?

Al alcalde Rojo no le gustaba nada la señorita Anacoreta. Eso se notaba a leguas. Tuvo que hacer un gran esfuerzo para sonreír:

—Me extraña, señorita Anacoreta, que siendo usted la maestra de este pueblo se resista a algo tan importante como pintar la máquina. Las computadoras pueden esperar a que llegue primero la luz eléctrica. La máquina no. ¡Mírenla! Siempre ha estado igual, siempre del mismo color. ¡Esto no puede seguir así!

—Pero es un color hermoso —se atrevió a decir Nicasio el policía, sin ánimo de ofender. El alcalde Rojo le echó una mirada de fuego. El pobre Nicasio se escondió entre la gente.

—No niego que nuestra máquina tenga un color hermoso

—dijo el alcalde—. Pero ese color ya no combina con los tiempos de cambio que vivimos.

La verdad es que no entendíamos una palabra de lo que estaba diciendo el alcalde Rojo. Hasta su esposa empezó a pensar que el pobre hombre estaba enfermo. Lo único que en verdad nos preocupaba era que nuestra máquina iba a cambiar de color.

La señorita Anacoreta no se dio por vencida:

—Dígame, señor alcalde. ¿Cuáles son, según usted, los colores del cambio?

—Naturalmente, el rojo —respondió sin dudarlo el alcalde Rojo—. El rojo es el color del fuego y del progreso.

—Pero también es el color de la sangre —interrumpió alguien—. ¿Qué tal si la pintamos de rosa, que es más bonito?

—O de verde, que es el color de la naturaleza —dijo el guardabosques.

—O de azul chiclamino —dijo muy bajito Nicasio el policía.

—O de amarillo pollito —propuso mi primo Federico.

—Pues a mí sí me gusta el rojo —dijo muy serio un bombero de grandes bigotes—. ¡El rosa es de niñas y señoritas!

Cada persona del pueblo quería que la máquina tuviese un color distinto. Hubo hasta quien propuso que la pintáramos de negro porque era un color muy serio y además muy elegante. El alcalde Rojo gritaba para que calláramos. Sólo lo consiguió dando un fuerte patadón en el suelo y gritando con todas sus fuerzas:

—¡Basta! La máquina se pintará de rojo porque lo digo yo, que soy el alcalde. Da la casualidad de que tengo muchísima pintura roja en mi casa. Mañana mismo comenzamos. No se hable más.

Esa noche el pueblo entero durmió muy mal. La noticia del alcalde nos había dejado muy inquietos. Por todas partes se decía que el alcalde había querido pintar la máquina porque se apellidaba Rojo. Otros decían que un primo suyo de la capital tenía una fábrica de pinturas donde sobraba mucha pintura roja y se le había hecho fácil vendérnosla para la máquina. Algunos pensaban que el alcalde quería quedar bien con el Ministro de Guerra, a quien le encantaba el color rojo, como a todos los ministros de guerra. Se decía por allí que el Ministro de Guerra sería el próximo Presidente de la República, de modo que los alcaldes de todos los pueblos querían ser sus amigos. Pintar la máquina de rojo era entonces una artimaña política: si el señor alcalde quería caerle bien al futuro Presidente de la República, pues que se fuera del pueblo y dejara la máquina en paz. Claro que no faltaron quienes opinaban que era buena idea pintar la máquina. En fin, aquello era un desastre. ¡En nuestro pobre pueblo de nombre largo estaba a punto de estallar una revolución!

La Revolución de los Colores

Al día siguiente despertamos con un estruendo de cohetes. Antes de que los hombres del alcalde Rojo comenzaran a pintar la máquina, el ruido de las explosiones sacudió al pueblo de arriba abajo. Al salir encontramos clavado en un árbol de la plaza un letrero que decía: *¡La máquina es nuestra y la defenderemos! ¡Viva la máquina! ¡Fuera el alcalde Rojo!*

Cuando leyó el letrero, el alcalde Rojo se puso amarillo de coraje y mandó quitarlo de inmediato. Pero el asunto no iba a ser tan fácil como quitar un simple letrero. Pronto vinieron a decirle que en todos los muros del pueblo había letreros que nos llamaban a impedir que el alcalde tocara un solo tornillo de nuestra querida máquina. En la escuela, en el mercado y hasta en la estación de policía estallaban cohetes. El alcalde Rojo ordenó a Nicasio el policía atrapar a los culpables. El pobre Nicasio hizo lo que pudo, fue de puerta en puerta preguntando amablemente a cada uno de los habitantes del pueblo si sabía quiénes eran los rebeldes. Nadie sabía nada.

El pobre Nicasio tuvo que regresar con el alcalde para informarle que había fracasado en su investigación. Muy enojado, el alcalde tomó un bote de pintura y fue a la plaza con algunos de sus hombres. Pero cuando llegaron hasta la máquina se llevaron una sorpresa: los hombres, las mujeres y hasta los niños del pueblo estábamos allí, armados hasta los dientes con huevos podridos y plumas de gallina. En cuanto vimos llegar a los hombres del alcalde, los bombardeamos con huevos, los amarramos y los cubrimos de plumas.

Al alcalde le dimos un tratamiento especial: lo pintamos de los pies a la cabeza con una pintura preparada por el boticario Hugo Agundis Anguiano, un viejo doctor que nunca soportó al alcalde. La pintura era rosa y no se podía quitar ni bañándose con gasolina blanca.

Amarrado a un árbol, el alcalde gritaba que éramos unos salvajes, unos trogloditas retrógrados y varias palabrotas más cuya gravedad sólo alcanzó a entender la maestra Anacoreta.

El policía Nicasio pidió la palabra:

—Señoras y señores, hemos vencido a las fuerzas del caos que querían dañar a nuestra amada máquina. ¿Qué debemos hacer con los culpables?

Surgieron varias ideas interesantes para castigar al alcalde y sus hombres. Don Leopoldo el del sombrero propuso que los cociéramos en salsa de chile y se los diéramos de comer a los cocodrilos. La idea fue bien recibida hasta que alguien

dijo que los cocodrilos no tenían la culpa de las cosas que pasaban en nuestro pueblo. Entonces Imelda la costurera preguntó si no sería mejor meterlos a la cárcel, pero Nicasio nos recordó que la cárcel del pueblo era muy pequeña: sólo tenía una cama y él solía usarla cuando venían a visitarlo sus parientes de la capital. Como todos queríamos mucho a Nicasio y a sus parientes, tuvimos que tomar otra decisión: dejaríamos al alcalde y a sus hombres amarrados en el lugar más escondido de la selva. Si los cocodrilos y las otras bestias les perdonaban la vida, podrían ir a donde quisieran, siempre y cuando nunca volviesen al pueblo.

Los amores de Ubaldo Guitarras y Teolinda la cirquera

—Caray, ese castigo es un poco cruel —me dijo de pronto uno de los Expertos en Pueblos con Nombres Largos.

—Eso parece —respondí—. Pero luego nos dimos cuenta de que habría sido mejor cocerlos en salsa de chile y dárselos a los cocodrilos.

—¿Por qué?

—Porque entonces no habríamos tenido que cuidarnos de ellos —expliqué—. El alcalde Rojo era más listo de lo que creíamos. No sé cómo se las arregló, pero sobrevivió en la selva y se quedó a vivir allí. Creo que hasta se hizo amigo de los cocodrilos. Un día nos dimos cuenta de que nuestra máquina todavía corría peligro. Cuando lo dejamos en la selva, el alcalde Rojo juró vengarse. Al principio no le hicimos caso. Pero poco a poco entendimos que el alcalde había organizado en la selva un pequeño ejército. Cierta noche los hombres del alcalde atacaron el pueblo. De no haber sido porque el perro de don Leopoldo el del sombrero dio la alarma, de seguro habríamos perdido la máquina para siempre.

Ahora Nicasio el policía era nuestro alcalde. Después del ataque del alcalde Rojo, aquel buen hombre decidió que debíamos cuidar la máquina noche y día. Para ello nombramos un Comité de Protección de la Máquina. Este comité estaba formado por nuestros mejores ciudadanos, que cambiaban de guardia cada dos horas. Los demás les llevábamos comida y les hacíamos conversación para que no se aburrieran demasiado. Era un gran honor ser parte del Comité de Protección de la Máquina. Con ese comité nos sentíamos seguros porque lo formaban los hombres y las mujeres más valientes del pueblo. O al menos así lo creímos, hasta que Ubaldo Guitarras se enamoró de Teolinda la cirquera. Entonces sí que las cosas se pusieron feas.

Ubaldo Guitarras era uno de los mejores hombres del pueblo. Tal vez no era el más listo, pero de seguro era el más simpático. Todos lo queríamos. Especialmente nos gustaba porque era el mejor músico del pueblo. Bueno, era el único músico del pueblo. ¡Pero qué bien cantaba! Ubaldo había viajado por medio mundo y sabía muchas cosas. Era flaco como una palmera y tenía una melena tan grande que hasta los pájaros anidaban en ella. Allá iba el buen Ubaldo con su guitarra y su pelo lleno de pájaros, cantando y tocando. Los adultos le daban moneditas al pasar y él nos las daba a nosotros. Vivía en la última casa del pueblo, una casa muy sencilla y llena de flores. A Ubaldo le gustaban mucho las flores y las muchachas. Siempre llevaba una flor en la guitarra y se la regalaba a cualquier muchacha que pasara cerca de él. Ubaldo era un hombre encantador y enamorado. Y eso fue lo que lo perdió.

Cuando Ubaldo Guitarras pidió ser parte del Comité de Protección de la Máquina, todos estuvieron de acuerdo. No era ningún fortachón, pero podía gritar bastante fuerte y entonado en caso de que viera algo sospechoso o si el alcalde Rojo se aparecía por allí para dañar nuestra máquina. Además, podía tocar la guitarra y alegrarnos la noche mientras hacía guardia.

Al principio Ubaldo Guitarras fue el mejor guardián que pudiéramos imaginar. Se sentaba encima de la máquina, sacaba su guitarra y cantaba hasta que terminaba su turno. Era hermoso pasar por allí y escucharlo. ¡Hasta la máquina parecía contenta! Sus luces se prendían y apagaban al ritmo de las canciones que Ubaldo escribía y cantaba para ella.

Pero un día todo se echó a perder. Por esos tiempos llegó al pueblo un circo ambulante. Llegó con sus leones, sus enanos, sus payasos, un hombre fuerte y hasta una mujer que había sido convertida en tarántula por desobedecer a sus padres. También llegó con el circo Teolinda la cirquera.

Teolinda era una mujer muy bella. Era trapecista y participaba también en el espectáculo de Vladimiro el lanzador de cuchillos. Ubaldo Guitarras se enamoró perdidamente de ella; asistió a todas las funciones, se quedaba como estatua cuando

Teolinda aparecía haciendo piruetas en el aire, lloraba de miedo cuando Vladimiro lanzaba sus filosos cuchillos contra la hermosa muchacha. En una ocasión a Vladimiro le falló la puntería y uno de sus cuchillos fue a clavarse en el dedo meñique de Teolinda. La herida no fue grave, pero Ubaldo Guitarras estuvo a punto de romper su guitarra en la cabeza de Vladimiro de puro coraje.

Desde que se enamoró de Teolinda, el pobre Ubaldo andaba como un fantasma por el pueblo. Suspiraba, cantaba afuera del remolque donde vivía la dueña de su corazón, de sus canciones y hasta de los pájaros que vivían en su melena. De un día para otro Ubaldo dejó de componerle canciones a la máquina y empezó a escribirle a Teolinda. Se acabó las flores de su casa alfombrando el camino por donde pasaba la hermosa trapecista. La verdad es que ella no le hacía mucho caso. Le sonreía un poco y seguía su camino. De todos modos Ubaldo se empeñó en quererla. Un día le declaró su amor y le juró que haría cualquier cosa por ella. Entonces, Teolinda le dijo:

—Ay, Ubaldito. Te quiero bien, pero no te creo cuando me dices que soy lo más importante en el mundo para ti.

—¿No me crees? —respondió Ubaldo—. ¿Qué puede ser más importante para mí?

Teolinda se puso muy seria y dijo:

—La máquina, querido Ubaldo. Ese montón de chatarra es más importante para ti.

Ubaldo no entendía lo que su amada le estaba diciendo.

—¡Pero si es sólo una máquina! —protestó.

—Pues si es sólo una máquina, demuéstrame que soy más importante que ella.

—¿Cómo? —preguntó Ubaldo.

—Regálame un tornillo de la máquina. Entonces creeré que en verdad me quieres más que a ella.

El pobre Ubaldo estaba muy confundido. Quería a la máquina con todo su corazón, y cuando había conocido a Teolinda sentía simplemente que le había nacido otro corazón. De modo que no tenía por qué partirse el corazón en dos. Así se lo explicó a Teolinda. Pero ella insistió en que le diera un tornillo como prueba de su amor. Y se fue.

Cuando se quedó solo, el pobre Ubaldo Guitarras se puso a pensar y pensar y pensar. ¿Qué podía hacer? No quería perder a Teolinda. ¿Podría darle un tornillo de la máquina? ¿Por qué no? "Vamos —se dijo—. La máquina tiene muchísimos tornillos. No le pasará nada si le quitamos uno."

Esa noche Ubaldo Guitarras le quitó un tornillo a la máquina. Un tornillo muy pequeño, el más pequeño de todos. Cuando Ubaldo se lo quitó, la máquina hizo un ruido como si se quejara. Sus focos se apagaron por espacio de un segundo. Ubaldo retuvo la respiración hasta que los focos se encendieron de nuevo y la máquina volvió a funcionar como si nada. Ubaldo metió el tornillo en una bolsa de terciopelo, le puso un moño azul y corrió a entregárselo a Teolinda.

—Te he traído un regalo —grito Ubaldo cuando llegó al circo. En ese momento Teolinda estaba haciendo piruetas en el aire.

—Ahorita bajo —gritó ella, y se tomó como veinte minutos para terminar su ensayo. Luego bajó, se acercó a Ubaldo y le preguntó enfadada:

—¿Qué quieres?

Ubaldo le entregó la bolsita. Teolinda la abrió de mala gana. La cara se le iluminó cuando vio el tornillo.

—Gracias, gracias —dijo al fin brincando de alegría, y le dio a Ubaldo un gran beso en la punta de la nariz—. Me has hecho muy feliz con este regalo, Ubaldito. Mañana mismo ven muy temprano. Saldremos juntos a pasear.

Ubaldo se sentía más feliz que si se hubiera ganado el Arpa de Oro en los Juegos Florales de Santa Apolonia. Ni siquiera pudo contestar. Esa noche durmió boca arriba para que no se le borrara el beso que Teolinda le había dado en la nariz.

Y la máquina perdió un tornillo

Ubaldo despertó antes del canto de los gallos. Se bañó, cortó la última rosa que quedaba en su jardín, cogió su guitarra y se puso su mejor sombrero. Dicen que ese día hasta se peinó. Luego se dirigió a su esperada cita con Teolinda la cirquera.

¡Pobre Ubaldo Guitarras! ¡No sabía lo que le esperaba! Cuando llegó al lugar donde había estado el circo, sólo encontró basura. No quedaban ni la jaula de los leones ni la carpa ni los remolques. Sólo quedaba un enano que estaba empacando sus cosas. Ubaldo le preguntó por Teolinda. El enano se encogió de hombros y dijo:

—¿Teolinda? No lo sé. Todos se han ido.

Ubaldo Guitarras preguntó qué rumbo habían tomado. El enano señaló las montañas. Ubaldo salió corriendo. Dos horas después alcanzó a la gente del circo cuando estaban a punto de cruzar el río. Ubaldo preguntó a Vladimiro el lanzador de cuchillos dónde estaba Teolinda.

—Teolinda no vino con nosotros —dijo Vladimiro.

Ubaldo estuvo a punto de volverse loco. Por más que preguntó, no consiguió que le dieran razón de su amada. Nadie sabía nada de ella. Un día cualquiera había llegado al circo y otro día cualquiera se había esfumado.

Ubaldo no tuvo más remedio que regresar al pueblo. La tristeza casi no le permitía caminar. Le dolían el corazón y la cabeza. Le dolía hasta el pelo, le dolían los pájaros en el pelo. Pensó en irse a llorar sus penas a casa. No pudo hacerlo: en el pueblo lo esperaba otra terrible noticia.

Apenas llegó, Ubaldo supo que algo malo estaba ocurriendo. La gente corría sin ton ni son. Unos iban hacia la plaza, otros se alejaban de ella tirándose de los cabellos.

—¿Qué pasa? —preguntó Ubaldo a una mujer que pasaba por allí.

—¿No lo sabes, Ubaldo? ¿Dónde te has metido? ¡La máquina se descompuso!

—Eso no puede ser —respondió Ubaldo—. La máquina *nunca* se descompone.

—Pues ahora lo ha hecho —gritó la mujer—. ¡Ay, nos esperan terribles desgracias! —y siguió su camino.

Ubaldo corrió a la plaza. Allí encontró a una multitud asustada y llorosa. El alcalde Nicasio y Leopoldo el del sombrero estaban junto a la máquina y la observaban con atención. El boticario Hugo Agundis Anguiano trataba de medirle la temperatura, la cubría con cobijas, la acariciaba y le hablaba bajito como a un bebé enfermo. Pero la máquina no respondía. Sus luces se habían debilitado, parecían a punto de apagarse. De repente, Leopoldo el del sombrero gritó:

—¡Le falta un tornillo a la máquina!

La gente gritó aterrorizada. ¿Cómo era posible que la máquina hubiera perdido un tornillo? ¿Quiénes habían cuidado la máquina durante la noche? El alcalde Nicasio miró a los presentes con mucha atención. Iba a decir algo cuando lo detuvo el sonido de una campana. Por la calle que lleva a la plaza vimos entrar una vaca. Una vaca pintada de rosa, con manchas moradas. Traía un mensaje en uno de los cuernos. Con mucho cuidado, el alcalde Nicasio cogió el mensaje y leyó:

TENEMOS EL TORNILLO. SI NO LA
PINTAN DE ROJO, LA MÁQUINA MORIRÁ.
EL ALCALDE ROJO

Nos quedamos mudos de espanto. ¿Cómo había llegado el tornillo a manos de nuestros enemigos? Nos mirábamos con miedo y sospecha. El alcalde Nicasio estaba pálido. Entonces alguien recordó que Ubaldo Guitarras había sido el último en cuidar la máquina. El alcalde Nicasio ordenó a Ubaldo que diera un paso al frente. Nada ocurrió. Ubaldo Guitarras había desaparecido.

La batalla del tornillo

Los Expertos en Pueblos con Nombres Largos no sabían qué pensar. Habían escuchado con mucha atención mi historia y no acababan de ponerse de acuerdo. El Experto Más Pequeño y Narigón pensaba que el pobre Ubaldo no tenía la culpa, pues lo habían engañado para quitarle un tornillo a la máquina. El Experto Más Viejo decía que si Ubaldo hubiera sido menos enamoradizo se habría dado cuenta de que Teolinda la cirquera era una espía del alcalde Rojo. Por su parte, el Gran Jefe de los Expertos no podía creer que la máquina se hubiera descompuesto por la falta de un simple tornillo.

Pero así era, la máquina se estaba muriendo por la falta de un tornillo. Cada media hora se le apagaba uno de sus focos de colores. Además, había dejado de hacer ruidos cantarines. Ahora sólo emitía una especie de ronquido largo y profundo. Había que hacer algo antes de que fuera demasiado tarde.

El alcalde Nicasio juntó a los miembros del Comité de Protección de la Máquina para decidir qué debía hacerse.

—Bueno —dijo de repente Goyo el quesero—. Después de todo, el rojo no es un color tan feo.

—Yo también creo que deberíamos hacerle caso al alcalde y pintar la máquina —dijo doña Lucila—. Ya le hace falta una manita.

Nos daba rabia que el alcalde Rojo se saliera con la suya. Pero preferíamos esa derrota a dejar que muriera nuestra querida máquina. ¿Cómo íbamos a enfrentar las desgracias que vendrían si la máquina se apagaba? El mundo entero podía acabarse si dejábamos que la máquina dejara de funcionar. Estábamos listos para aceptar nuestra derrota cuando el alcalde Nicasio nos anunció:

—Señoras y señores, ésta es una gran prueba para este gran pueblo. ¡No podemos permitir que nuestros enemigos nos venzan! Ahora mismo rescataremos el tornillo de nuestra máquina.

Mientras decía esto, Nicasio se caló su gorra de policía y se metió en la selva seguido por cincuenta valientes dispuestos a recuperar el tornillo y darle al alcalde Rojo una tremenda paliza.

Recuerdo que ese día esperamos muchas horas a que regresaran Nicasio y sus hombres. Aguardamos junto a la máquina hasta que empezó a caer la noche. Mirábamos la selva y tratábamos de escuchar algo. Imaginábamos la terrible batalla y veíamos a nuestra pobre máquina cada vez más débil y apagada.

Nicasio y sus hombres volvieron a eso de las ocho de la noche. Se les veía tristes, tan tristes que no nos atrevimos a preguntarles qué había ocurrido en la selva. Finalmente Leopoldo el del sombrero se acercó al alcalde y le preguntó:

—¿Debemos prepararnos para pintar la máquina, señor alcalde?

Nicasio movió la cabeza de un lado a otro.

—No, don Leopoldo, no será necesario. Ahora nadie tiene el tornillo de la máquina.

Entonces nos contó lo que había ocurrido. Nicasio y sus hombres se metieron en la selva dispuestos a dar la vida por recuperar el tornillo de la máquina. El ejército del alcalde Rojo los esperaba junto al río. Iban armados con resorteras y cañones para disparar cocos. El alcalde Rojo estaba sentado en un árbol por encima del río. Nicasio le ordenó que le devolviera el tornillo inmediatamente. El alcalde Rojo soltó una carcajada y sacó de su bolsillo una cadena de plata de la que colgaba el tornillo de nuestra máquina.

—Si quieres el tornillo, Nicasio, tendrás que pintar la máquina.

—¡No lo haremos, malandrín! —respondió Nicasio.

—¡Entonces ven a quitármelo, bellaco! —respondió el alcalde Rojo balanceando el tornillo en su cadena.

Nicasio estaba a punto de ordenar el ataque cuando la rama

del árbol se rompió. El alcalde Rojo cayó al río. Sus hombres y los nuestros corrieron a sacarlo. Pero en ese momento un enorme cocodrilo se adelantó, abrió sus grandes fauces y de un bocado se comió al alcalde Rojo con todo y nuestro tornillo. Sus hombres y los nuestros hicieron lo que pudieron para alcanzar al cocodrilo, pero éste se sumergió inmediatamente en el río. Buscaron toda la tarde y lo único que encontraron fue el zapato rosado del alcalde Rojo. Ahora sí que estábamos perdidos.

Preparativos para el fin del mundo

Cuando supimos que el tornillo se había perdido comenzamos a prepararnos para el fin del mundo. Desde hacía siglos sabíamos que cosas terribles ocurrirían cuando la máquina dejara de funcionar. Lo decían mis abuelos y los abuelos de mis abuelos. Lo decían los valientes de don Sancho de la Chatarra y hasta los caníbales que se hicieron amigos de los hombres de don Sancho de la Chatarra. De alguna forma misteriosa e inexplicable la máquina hacía girar el mundo. Nada ni nadie podían seguir existiendo sin ella.

El problema era que nadie sabía cómo iba a acabarse el mundo. Pero de seguro se acabaría. Los bomberos Nacho y Colacho decían que el planeta entero sería devorado por un gigantesco incendio que nadie podría nunca apagar. La maestra Anacoreta imaginó que una plaga de hongos extraterrestres destruía libros y bibliotecas y el mundo se llenaba de gente que sólo hablaba de futbol. El alcalde Nicasio pensaba que los delincuentes de todos los países se pondrían de acuerdo para adueñarse del mundo. Mis amigos estaban convencidos de que desaparecería el chocolate de la faz de la Tierra y que solamente comeríamos lechuga con aceite de hígado de bacalao. Imaginamos monstruos, enfermedades, terremotos, eclipses, inundaciones, guerras. Las cosas más terribles iban a ocurrir cuando se apagara la máquina.

¡Y la máquina estaba a punto de apagarse! ¡Sólo le quedaban cinco focos encendidos! Teníamos que prepararnos para lo peor. Mis amigos juntaron todos los chocolates que pudieron encontrar en el pueblo. Nicasio empezó a hacer planes para hacer más grande la cárcel. Los bomberos llenaron ciento ochenta cubetas, ocho palanganas y doscientos vasos con agua del río. La señorita Anacoreta empezó a aprenderse de memoria los libros de la biblioteca para que al menos se salvaran algunas de sus historias cuando los destruyeran los hongos. Cada quien se preparó como pudo mientras la máquina se iba muriendo.

Así estaban las cosas cuando la señorita Anacoreta halló por casualidad algo que nos devolvió la esperanza. Mientras ordenaba los libros de la biblioteca encontró un baúl muy viejo. Adentro del baúl había algunos libros aún más viejos. La mayoría eran libros pequeños que trataban de las cosas del pueblo: un recetario con mil formas de cocinar cocodrilos, una colección de dibujos de nuestros antepasados, algunos mapas. Finalmente encontró en el fondo del baúl un libro aún más pequeño. Casi parecía un libro de juguete. La señorita Anacoreta lo sacó con mucho cuidado y vio que tenía dibujada en la tapa, muy al vivo, nuestra máquina. Por dentro, el libro contenía diagramas de cada una de sus partes, de sus palancas, sus cables, su motor.

La señorita Anacoreta no podía creer su buena suerte: había encontrado un instructivo para armar la máquina. O para desarmarla, da igual. El caso es que aquel manual podía ser nuestra salvación. Si aprendíamos a utilizarlo podríamos arreglar la máquina y evitar así que el mundo llegara a su fin.

El regreso de
Ubaldo Guitarras

Pero las cosas no iban a ser tan fáciles. Cuando la señorita Anacoreta sacó el libro a la luz descubrió que el manual estaba escrito en chino.

—¿En chino? —me interrumpió el Gran Jefe de los expertos—. ¿A quién se le ocurre escribir un instructivo en chino?

—Lo mismo dijo luego el alcalde Nicasio —expliqué, y les conté que el alcalde nos había reunido otra vez en la plaza para hablarnos del hallazgo de la maestra. Por un lado estaba contento con el descubrimiento del manual. Por otro, estaba furioso de que no pudiéramos leerlo.

—¿A quién se le ocurre escribir un instructivo en chino? —volvió a decir el alcalde Nicasio.

—Pues a un chino —respondió la siempre muy sabia señorita Anacoreta.

En ese momento otro foco de la máquina se extinguió. Sólo quedaban dos focos encendidos. El cielo comenzó a nublarse. El alcalde nos miró con atención y preguntó:

—¿Quién de los presentes habla chino?

Nadie respondió. Estábamos avergonzados por no hablar chino. Ni siquiera la señorita Anacoreta hablaba chino. Cada mañana ella nos enseñaba inglés en la escuela. ¿Para qué? ¿No habría sido mejor que estudiáramos chino? De esa forma habríamos podido leer el instructivo y salvar a la máquina. El alcalde Nicasio debió pensar lo mismo, porque de pronto alzó la voz y ordenó que a partir de ese día el pueblo entero estudiara chino.

—Señor alcalde —dijo muy seria la señorita Anacoreta—. He oído decir que el chino tiene más de treinta mil caracteres o letras. Si aprendemos una letra cada día, hablaremos chino perfectamente en poco más de diez años.

El hombre más viejo del pueblo protestó diciendo que él no tenía tanto tiempo para estudiar chino.

—Siempre hay tiempo para aprender cosas nuevas —dijo con infinita paciencia la señorita Anacoreta.

—No, esta vez no hay tiempo —nos recordó Leopoldo el del sombrero señalando la máquina.

Leopoldo tenía razón: no había tiempo para aprender chino. El boticario Hugo Agundis Anguiano había calculado que los focos de la máquina se iban apagando cada seis horas, aunque podría ocurrir cada vez más rápido. Ahora sólo quedaban dos focos. ¡Si nos iba bien faltaban sólo doce horas para el fin del mundo! En ese tiempo ni siquiera aprenderíamos a dar los buenos días en chino.

—Está bien. Olviden lo del chino —dijo Nicasio—. Es más, olviden el instructivo, olviden la máquina. ¡No tiene caso! Me temo que ha llegado la hora de prepararnos para el fin del mundo.

La gente se marchó muy apurada para continuar con sus preparativos. El cielo se había oscurecido como si en verdad se estuviera acercando el fin del mundo. Alguien que quería pasarse de listo gritó:

—Todo es culpa de la señorita Anacoreta. ¡Si nos hubiera enseñado chino nos habríamos salvado!

La señorita Anacoreta se puso negra de coraje. Luego se puso blanca y finalmente se desmayó.

—¿Qué pasa? —preguntó el alcalde Nicasio.

—Le ha dado un síncope —respondió el boticario Hugo Agundis Anguiano.

—¿Es grave?

—No, sólo necesita unos días de descanso.

—¡No tenemos días para descansar! —gritó Nicasio—. ¡Sólo faltan unas horas para que se acabe el mundo!

De repente cayó un relámpago. Todos gritamos. La máquina gimió y otra de sus luces empezó a languidecer. Pronto sólo quedaría un foco encendido. Entonces, como de la nada, escuchamos una voz que decía:

—Todavía hay una esperanza. Yo arreglaré la máquina.

Mirábamos de un lado a otro en busca de la voz. Alguien dijo que eran las voces del fin del mundo. La señorita Anacoreta abrió los ojos y volvió a desmayarse. Finalmente vimos salir a un hombre de la selva. Era Ubaldo Guitarras. Venía empujando una carretilla llena de tornillos, tuercas y herramientas.

—¿Cómo te atreves a venir aquí? —le preguntó el alcalde Nicasio.

—He venido a arreglar la máquina —respondió Ubaldo—. Todo esto es mi culpa. Fui a la ciudad y traigo conmigo todos los tornillos que pude encontrar. Alguno servirá.

El alcalde Nicasio no sabía qué decir. Por un lado le daban ganas de meter a Ubaldo en la cárcel. ¿Pero de qué serviría hacerlo si el mundo iba a terminarse? Tal vez Ubaldo merecía una oportunidad. Tal vez la máquina merecía una oportunidad.

—Haz lo que quieras, Ubaldo —le dijo al fin Nicasio—. Nomás te advierto que sólo nos quedan seis horas antes de que se apague la máquina.

Ubaldo Guitarras dio las gracias y acercó su carretilla a la máquina. Entonces cayó otro relámpago y otro más. Se estaba haciendo de noche, empezó a llover. Corrimos todos a casa. Ubaldo Guitarras se quedó solo, trabajando bajo la lluvia.

El mundo después del fin del mundo

Los Expertos en Pueblos con Nombres Largos dieron un gran respiro cuando oyeron que Ubaldo Guitarras había vuelto para arreglar la máquina. Un experto que había estado callado todo el tiempo se puso de pie y aplaudió.

—¡Bravo! ¡Pensé que el mundo se iba a terminar! —dijo el Experto Silencioso.

El Experto Más Viejo le dijo:

—No sea usted cabeza dura, colega. Es obvio que el mundo no se terminó. Si el mundo se hubiera terminado no estaríamos aquí escuchando la historia de la máquina.

—Tiene usted razón. No se me había ocurrido —respondió el Experto Silencioso.

—De modo que Ubaldo finalmente arregló la máquina —me dijo satisfecho el Gran Jefe de los Expertos en Pueblos con Nombres Largos.

—No exactamente —respondí.

Los expertos se acariciaron las barbas. Aunque esta vez no me miraron como si me hubiera vuelto loco de remate.

—¿Quieres decir que el mundo sí se terminó? —dijo asustado el Experto Más Pequeño y Narigón—. ¡Caray! Me hubieran avisado. ¡Ni siquiera pude despedirme de mi perro!

Los expertos se veían muy confundidos. Pobres. Me pareció que debía darles una explicación.

Primero les aclaré que el mundo no se había terminado. Eso los tranquilizó un poco. Luego les conté que esa noche cayó sobre el pueblo una horrible tormenta. Sólo esperábamos que el cielo cayera sobre nuestras cabezas. Pero no pasó nada. Sólo nos fuimos quedando dormidos de cansancio por el esfuerzo de prepararnos para el fin del mundo. A la mañana siguiente se alzó por encima de las montañas un sol esplendoroso. En la selva cantaban las guacamayas y los changos platicaban tranquilamente. Era una mañana tan hermosa que algunos pensaron que el mundo se había acabado y el pueblo entero se había ido directo al Cielo.

Los demás nos acordamos enseguida de Ubaldo Guitarras y pensamos que había arreglado la máquina justo a tiempo para evitar que se apagara el último foco. Corrimos a la plaza para felicitarlo. Estábamos tan contentos que hasta se nos olvidó quitarnos la piyama. Pero al llegar a la plaza encontramos a Ubaldo llorando y la máquina apagada.

—Perdónenme —decía el pobre Ubaldo—. No pude arreglarla. Lo intenté todo pero se apagó. Sólo merezco ser comido por los cocodrilos.

—No es mala idea —dijo doña Lucila—. Por tu culpa se acabó el mundo.

—No es verdad —dijo la señorita Anacoreta, que se había recuperado de su síncope—. El mundo no se acabó.

—¡Claro que sí se acabó! La máquina se ha apagado. ¿Qué mejor prueba de que el mundo se terminó? —dijeron al mismo tiempo los bomberos Nacho y Colacho.

Otra vez empezamos a discutir. Unos pensaban que el mundo se había terminado y querían echar a Ubaldo a los cocodrilos. Otros decían que si el mundo se había acabado también se habrían acabado los cocodrilos y entonces no valía la pena darles a Ubaldo. Otros más pensaban que el mundo seguía siendo el mismo de antes y que hasta se veía mejor. Finalmente el alcalde Nicasio, que traía una piyama blanca con dibujos de dinosaurios, impuso el orden y dijo:

—Señoras y señores. Yo soy el alcalde de este pueblo y declaro que el mundo no se ha terminado. Que Ubaldo vuelva a su casa. No se hable más del asunto.

—¡Pero la máquina está muerta! Al menos tendríamos que enterrarla —dijo muy triste el boticario Hugo Agundis Anguiano. Y diciendo esto dio una palmadita a la máquina. Entonces ocurrió un milagro: la máquina volvió a funcionar. Uno a uno sus focos de colores se fueron encendiendo. Su motor tosió un poco y volvió a brincar como antes.

—¡Está viva! ¡Está viva! —gritamos. Ubaldo Guitarras y la señorita Anacoreta lloraban de emoción. Hasta los bomberos, que eran bastante gruñones, estaban contentos.

Pero algo había cambiado. Ahora sentíamos que la máquina era diferente. O tal vez éramos nosotros quienes habíamos cambiado. De pronto nos pareció que la máquina era menos fuerte de lo que pensábamos. Mirábamos sus focos encendidos, escuchábamos su motor moverse como si nada hubiera ocurrido. Aquel ser que nos había parecido tan poderoso como para sostener la existencia del mundo ahora nos parecía una mascota, un animalito inofensivo. Esa máquina podía servir para cualquier cosa, podría servir para cargar objetos pesados o para inflar globos de gas. Pero nunca sería tan importante como para que pensáramos que el mundo entero dependía de sus focos y sus láminas y sus poleas y sus palancas. ¡Ahora sabíamos que el mundo entero podía seguir existiendo sin la máquina! ¡Nosotros podíamos seguir existiendo sin nuestra preciosa máquina!

Al principio sentimos tristeza por este descubrimiento. Algunos hasta sentimos rabia hacia la pobre máquina porque nos había defraudado. Luego volvimos a tomarle cariño porque al menos nos había servido para saber que la gente del pueblo podía servir para algo más que servir a la máquina.

Despedida

El Gran Jefe de los Expertos en Pueblos con Nombres Largos guardó silencio. Los demás expertos también guardaron silencio. Habían escuchado el final de mi historia con mucha atención y hasta parecía que les había gustado. De todos modos parecían un poco tristes. Cuando les pregunté qué pasaba, el Gran Jefe de los expertos se enjugó una lágrima y dijo:

—Oh, no es nada… no es nada… Es sólo que ahora nos va a costar muchísimo trabajo saber el verdadero nombre del Pueblo de la Máquina.

—¿Por qué?

—Pues porque, por lo visto, tu pueblo dejó de ser el Pueblo de la Máquina.

El Gran Jefe de los expertos tenía razón: la máquina había dejado de ser lo más importante de mi pueblo. Ya no podíamos seguir llamándolo el Pueblo de la Máquina.

—¿Y ahora qué voy a hacer? —pregunté—. ¡Nunca podré contar mi historia si no conozco el nombre del pueblo!

El Gran Jefe pensó un rato, se acarició la barba y finalmente sonrió:

—¡Pero ya lo has hecho! Nos has contado la historia. ¿Qué importa cómo se llama el pueblo? Puedes llamarlo como tú quieras. Puede ser el pueblo de Ubaldo Guitarras o el de la señorita Anacoreta o hasta el pueblo de los caníbales.

La idea me pareció buena. En realidad daba lo mismo qué nombre le diera a mi pueblo. Podíamos llamarlo como quisiéramos. Cada persona, cada animal y cada cosa del pueblo le habían dado un nombre al pueblo. Ahora estaba seguro de que todos, de alguna forma, llevaríamos la historia de nuestro pueblo a todos los rincones del mundo y le daríamos un nombre distinto, un nombre que fuera especial para cada uno de nosotros, como había hecho la máquina con el pueblo.

Pensando esto me sentí más tranquilo. Los Expertos en Pueblos con Nombres Largos me dieron las gracias por haberles regalado mi historia y me pidieron que les contara cómo había acabado. Lo pensé un rato. En realidad no sabía cómo había terminado la historia. Tal vez no había terminado todavía, tal vez no terminaría nunca mientras hubiera quien la contara…

Lo único que pude contarles a los expertos es que, después de aquellos hechos, la vida en mi pueblo siguió adelante: los viejos murieron, los niños crecimos, los enamorados se casaron. Durante unos meses seguimos cuidando con cariño a la máquina, pero poco a poco nos fuimos olvidando de ella. Y también nuestro pueblo fue olvidado. Con los años lo fuimos abandonando como si la misma máquina nos hubiera dicho que ya no nos necesitaba y que nosotros ya no necesitábamos de ella. Dicen que ahora la selva ha vuelto a cubrir las casas. Las guacamayas, los changos y los cocodrilos se pasean por las calles cubiertas de hierba. Los viajeros que a veces pasan por allí dicen que el pueblo está embrujado, pues por las noches se puede oír claramente una hermosa voz que canta canciones de amor. Algunos dicen también que por esa parte de la selva hay un extraño pájaro de metal que baila al son de esa música hermosa y algo triste.

...Y EL MUNDO NO SE ACABÓ...

Por un tornillo, de Ignacio Padilla,
se terminó de imprimir y encuadernar en junio de 2009
en Impresora y Encuadernadora Progreso, S. A. de C. V. (IEPSA),
calzada San Lorenzo 244, Paraje San Juan,
C. P. 09830, México, D. F.

El tiraje fue de 5 000 ejemplares.